AF358282

VENTE DU LUNDI 18 MARS 1889

HOTEL DROUOT, SALLE N° 8

A deux heures.

TABLEAUX

ANCIENS ET MODERNES

AQUARELLES ET DESSINS

EXPOSITION PUBLIQUE

LE DIMANCHE 17 MARS 1889

De une heure à cinq heures.

COMMISSAIRE-PRISEUR	EXPERT
Mᵉ PAUL CHEVALLIER	**M. E. FÉRAL**, peintre
10, rue Grange-Batelière, 10	54, faubourg Montmartre, 54

IMPRIMERIE D. DUMOULIN ET Cie

Rue des Grands-Augustins, 5, à Paris.

CATALOGUE

DE

TABLEAUX

ANCIENS ET MODERNES

AQUARELLES ET DESSINS

DONT LA VENTE AURA LIEU

HOTEL DROUOT, SALLE N° 8

Le Lundi 18 Mars 1889, à 2 heures

COMMISSAIRE-PRISEUR	EXPERT
Mᵉ **PAUL CHEVALLIER**	**M. E. FÉRAL**, peintre
10, rue de la Grange-Batelière	faubourg Montmartre, 54

Chez lesquels se trouve le présent Catalogue.

EXPOSITION PUBLIQUE : le Dimanche 17 Mars 1889
De une heure à cinq heures.

CONDITIONS DE LA VENTE

La vente sera faite au comptant.

Les acquéreurs payeront cinq pour cent en sus des
enchères applicables aux frais.

DÉSIGNATION

—

TABLEAUX ANCIENS

1 — **Backhuysen** (d'après L.). — Marine hollandaise avec bateaux à voiles.

2 — **Berghem** (attribué à N.). — Le Passage du gué. — Bon tableau, signé en toutes lettres.

3 — **Boucher** (attribué à F.). — Jeune femme couchée sur un lit de repos.

4 — **Brakenburg.** — La Consultation.

5 — **Breenbergh** (attribué à B.). — Paysage avec rochers et cours d'eau. — Tableau de forme ronde.

6 — **Castiglione** (B.). — Bergers et animaux en marche.

7 — **Champagne** (attribué à Ph. de). — Figure allégorique tenant un caducée et une couronne. — Plafond de forme ronde.

8 — **Champagne** (attribué à Ph. de). Figure allégorique tenant un glaive et une couronne. — Plafond de forme ronde.

9 — **De Marne** (attribué à L.). — Bergers et animaux sur une route bordée de grands arbres. A gauche, une fontaine.

10 —— Bergers et animaux dans un paysage.

11 — **Franck.** — La Vierge et l'enfant Jésus. — Peinture sur cuivre.

12 — **Goya** (Francisco).—Sujet fantastique. Au centre, un rocher surmonté de constructions ; dans le bas, de nombreux personnages allumant des feux. Des démons voltigent autour des constructions.

13 —— Portrait du maître, vu en buste, de grandeur naturelle, la tête de trois quarts, portant des lunettes.

14 — **Greuze** (d'après J. B.). — Jeune fille, en buste.

15 — **Guardi** (Francesco). — Ruines et constructions au bord de la mer.

16 — **Helst** (Bartholomé Van der). Portrait d'homme, debout, vu jusqu'aux genoux.

17 — **Helst** (attribué à B. Van der). — Portrait de femme, vue à mi-corps, la main gauche posée sur une table où se trouve un jeune chien.

18 — **Holbein** (école de H.). — Portrait d'homme.

19 — **Hubert-Robert**. — Ruines et personnages. L'artiste est représenté sur la gauche, tenant un portefeuille sous son bras. Bonne peinture.

20 — **Huysum** (attribué à VAN). — Paysage avec rochers, cours d'eau et figures au premier plan.

21 — **Jeaurat** (attribué à). — Le jeune chasseur

22 — **Jensens** . Fête dans un parc, auprès d'un somptuet ais.

23 — **Kessel** (JEAN VAN) — Le Jardin botanique, à Anvers.

24 — **Lancret** (d'après N.). *Deux pendants.* — Les tireurs d'arcs. — Dames et seigneurs en visite.

25 —— *Deux pendants.* — Le traîneau. — Les préparatifs pour le bal.

26 —— Danse dans un parc.

27 — **Mieris** (genre de). — Femme et enfant à une fenêtre.

28 — **Monnoyer** (attribué à BAPTISTE.) — Fleurs dans un vase et fruits posés sur une table.

29 — **Netscher** (d'après G.) — Le concert.

30 — **Pujol** (ABEL de). — *Quatre pendants.* Les saisons représentées par des figures en bronze, sur fond blanc.

31 — **Pynacker**. (Genre de) — Paysage avec cours d'eau et arbres renversés au premier plan.

32 — **Regnault** (d'après). — Danaé recevant la pluie d'or. Toile ovale.

33 — **Rioult**. — Fillettes au Bain.

34 — **Roland de Laporte**. — Objets divers posés sur une table.

35 — **Sarazin**. (Deux pendants). — Paysages avec pont et constructions en ruines.

36 — **Schalken** (genre de G.) — Judith portant la tête d'Holopherne.

37 — **Swanewelt** (HERMAN.) — Paysage avec pêcheur au bord d'un cours d'eau.

38 — **Uden** (LUCAS VAN.) — Paysage avec figures au premier plan.

39 — **Véronèse** (attribué à PAUL.). — Figure allégorique représentant la Force sous les traits d'une femme appuyée sur deux lions.

40 — **Vleughel**. — (*Deux pendants*). Sujets tirés des contes de La Fontaine.

41 — **Volguemuth** (Ecole de). — La Circoncision.

42 — **Ecole Espagnole**. — Portrait de jeune fillette, vêtue de blanc et tenant des fleurs.

43 — **Ecole espagnole**. — Chasseur au repos ayant son chien près de lui.

44 — **Ecole Flamande**. — Tête de Vierge.

45 — **Ecole Française**. — Portrait de jeune femme, costume du premier Empire.

46 —— Portrait d'un gentilhomme. Toile ovale.

47 —— Portrait d'un seigneur portant une cuirasse.

48 —— Portrait d'une dame de la cour.

49 —— Portrait d'un officier supérieur.

50 —— Portrait de Jeune femme.

51 —— Portrait d'homme.

52 —— Le déjeuner sur l'herbe. — Dessus de porte.

53 —— Pierrot, vu en buste.

54 — **Ecole Hollandaise**. — Le départ de l'Enfant prodigue et son retour.

55 —— Paysage avec villageois au repos.

56 — **Ecole Italienne**. — L'Annonciation.

57 —— La Vierge, l'Enfant Jésus et saint Jean.

58 — Sous ce numéro qui sera divisé, quatre tableaux : sujets religieux et marines.

TABLEAUX MODERNES

59 — **Angelvy.** — Cour de ferme.

60 —— Troupeau de moutons, rentrant à la Bergerie.

61 —— La Gardeuse d'oies.

62 — **Bassot** (F.). — Aux Champs.

63 —— Promenade au bois.

64 — **Bosquier.** — Huîtres, fruits et objets divers sur une table.

65 — **Desavary.** — Village au bord de la mer.

66 — **Deshayes** (Eug.). — (*Deux pendants*). — Plages et bateaux de pêche.

67 — **Desportes** (F.). — Portrait de jeune femme.

68 — Chemin sous bois.

69 —— Casque et objets divers posés sur une table.

70 — **Destouches.** — La Réprimande. Sujet lithographié.

71 — **Diaz** (attribué à). — Sous bois, forêt de Fontainebleau.

72 — **Donzel** (CHARLES). — Vue prise sur le Doubs,
à Thoraise.

73 —— La Lézarde. (Seine-Inférieure.)

74 — **Férey** (deux pendants). — Paysages : l'Été et
l'Hiver.

75 — (Deux pendants). —Des Moutons au bord d'une
rivière ; soleil couchant et effet ce clair de lune.

76 — Marine. — Effet de clair de lune.

77 — **Gôse** (J.-B.). — Marée basse, à Fécamp.

78 —— Le premier né.

79 —— La Messe au château.

80 — **Greux** (A.). — Fête de nuit, à Venise, au sei-
zième siècle.

81 —— Le Quart d'heure de Rabelais.

82 — **Guérard**. — Chien au repos.

83 — **Guillaume**. — Troupeau à l'abreuvoir.

84 — **Job**. — (Deux pendants). Le Petit chaperon rouge.
— Fillette et son chien.

85 — **Léger** (J.). — Fleurs et objets divers posés sur
une table couverte d'un tapis de Turquie.

86 —— Fraises et Amandes vertes.

87 — **Léger** (J.). — Chrysanthèmes et Marguerites, dans un vase.

88 —— Pêches et Raisins — Étude.

89 — **Lutscher** (F.) Le chemin du lavoir.

90 —— Paysanne revenant du bois chargée d'un fagot.

91 —— Le Regain, prairie d'Anjou.

92 —— Retour des champs, fin d'automne.

93 — **Puissant**. — Nature morte, fleurs et gibier.

94 —— Même sujet.

95 — **Reniers**. — Paysages, arbres et rochers. — Sept études. — Ce numéro sera divisé.

96 —— **Rosalbin**. — Nymphe et amour. — Esquisse.

97 — **Roulliet**. La plage d'Etretat.

98 — **Rousa**. — Artistes peintres, à la campagne.

99 — **Saurfelt**. — (*Deux pendants*). La Tireuse de cartes. — Les conseils du bon Ermite. Toiles ovales.

100 —— Un ancien marché, en Belgique.

101 —— Barques de pêcheurs.

102 —— Fête champêtre.

103 — **Teste**. — Le peintre et son modèle.

104 — **Tisen** (Noel.). — La présentation au Temple.

105 — **Willms** (Albert.). — L'arrêt.

106 —— Chiens épagneuls, chasse au faisan.

107 — **Ecole Moderne**. — Paysage, genre de Diaz.

108 —— Le marchand d'Images, d'après Guillemin.

109 —— Entrée de village.

110 —— Vue d'Italie.

111 —— Jeune Mère.

112 —— Femme au perroquet.

113 —— Ferme du père Bossu, à Montfort.

114 —— Mare à la lisière d'un bois.

AQUARELLES ET DESSINS

115 — **Bérain.**—Encadrement d'un écusson surmonté d'une couronne. — Aquarelle.

116 — **Boilly** (Louis). — Les suites du jeu. — Aquarelle. — Lithographiée.

117 — — La Famille africaine. — Dessin à l'estompe. — Lithographié

118 — — Le Départ. — Dessin à l'estompe. — Lithographié.

119 — — Le Retour. — Dessin à l'estompe. — Lithographié.

120 — — La Mauvaise nouvelle. — Encre de Chine.

121 — **Boilly** (d'après L.). — Les Petits ramoneurs. — Crayon noir.

122 — **Decamps**. — Femme arabe portant de l'eau. — Sépia.

123 — **Delacroix** (Eug).—Cavalier au galop. — Sépia, provenant de la vente Delacroix.

124 — **Delacroix** (Eug.). — Figures mythologiques. — Dessin au crayon noir pour une peinture murale. — Vente Delacroix.

125 — **Delafosse** (J.-Ch.). — Fleurs, vases et objets divers posés sur une console. — Sépia.

126 — — Modèle pour un cadre à fronton, représentant les armes de la ville de Bâle ; au-dessus, un bas-relief entouré d'une guirlande de fleurs.— Beau et important dessin. — Encre de Chine et aquarelle.

127 — — Modèle pour un bout de table.— Beau dessin.— Plume et encre de Chine.

128 — — Motifs de décorations ; attributs guerriers, agricoles et champêtres ; instruments de musique, etc. — Six beaux dessins. — Plume et encre de Chine.

129 — **Esselens**. — Ville au bord d'une rivière. — Plume et sépia.

130 — **Fragonard** (H.).—Cinncinatus, d'après A. Carrache. — Pierre d'Italie.

131 — — Saint-Jean prêchant dans le désert, d'après Salvator Rosa. — Pierre d'Italie.

132 — **Gautier** (A.). — Sentier dans les montagnes, près Menton. — Aquarelle.

133 — **Hubert-Robert** (attribué à). — Vue d'Italie. — Sanguine.

134 — **Le Brun** (attribué à Ch.). — Sujet mythologique. — Dessin à l'encre de Chine. Forme ronde.

135 — **Meulen** (Van Der). — Études de chevaux. — Crayon et aquarelle.

136 — **Moreau** (Louis). — La Naissance du globe terrestre. — Aquarelle.

137 — **Rousseau** (Th.). — Plage et bateaux de pêche. — Aquarelle provenant de la vente Rousseau.

138 — **Rowlandson** (J.). — Le Peintre surpris. — Aquarelle.

139 — **Schelfhout**. — Vue des bords du Rhin. — Aquarelle.

140 — **Tiepolo** (D.). — Le Martyre d'une sainte. — Sépia.

141 — **Troyon** (d'après). — Animaux en marche. — Pastel.

142 — **Monogramme A. C.** — 1851. — Entrée de village. — Crayon noir.

143 — **Salembier.** — Modèles pour des panneaux décoratifs et dessus de portes, formés de figures et ornements. — Trois aquarelles.

144 — **École Française**. — Attributs, médailles, etc.
— Trois dessins à la sépia.

145 — **École Italienne**. — Le Christ mis au tombeau. —
Sépia.

IMPRIMERIE D. DUMOULIN ET Cie

Rue des Grands-Augustins, 5, à Paris.